KB120707

파도는 파와 도 사이의 음악이다

시작시인선 0471 파도는 파와 도 사이의 음악이다

1판 1쇄 펴낸날 2023년 5월 26일
지은이 고광이
펴낸이 이재무
기획위원 김춘식, 유성호, 이형권, 임지연, 홍용희
책임편집 박예솔
편집디자인 민성돈, 김지웅, 정영아
펴낸곳 (주)천년의시작
등록번호 제301-2012-033호
등록일자 2006년 1월 10일
주소 (03132) 서울시 종로구 삼일대로32길 36 운현신화타워 502호
전화 02-723-8668
팩스 02-723-8630
블로그 blog.naver.com/poemsijak
이메일 poemsijak@hanmail.net

ISBN 978-89-6021-715-7 04810
978-89-6021-069-1 04810(세트)

값 11,000원

파도는 파와 도 사이의 음악이다

고광이

천년의 시작

시인의 말

천방지축 소년 시절
무심히 흐르는 물살 밑에
쓸려 내려가지 않고 어른거리던
조그만 조약돌

그저 좋아서
주머니에 넣어 소중히 어루만지던
선명한 기억들

그저 좋아서
그저 좋아서

재주도 없고,
전력을 다하지도 못하면서도,
그저 좋아서

고통스러우면서도 황홀한 마음

수줍어 고개 숙이며
그때 주머니에 넣었던 조약돌
이제야 꺼내 본다.

2023년 봄
LA에서 고광이

차 례

해 설

새해

선달그믐
삼백예순다섯 개의 기둥을 무너뜨리고
삼백예순다섯 개의 기둥을 새로 세운다
기둥마다 심장을 걸어 둔다
붉다

이 등 가운데 하나를 골라,
문을 열며 당신이 들어오리라

그 은총 이전이라면
내 기다림은 모두 은화隱花일 수밖에 없겠다
나의 시어는 죄다 은어隱語일 수밖에 없겠다

보고 싶었어
그 말에 담긴 당신의 온기가 아니라면
이곳은 내내 북향일 뿐인데,

마침내 다가오는 저 따듯한 은총

크랭크인

어둠 속에 있던 모습이
전파를 탄다

내가 당신에게 그것밖에 되지 않았던 건가?
어색한 문어체를 흘리면

신인 배우는 카메라를 향해
느릿느릿 걸어 나간다

그는 명멸하는 빛으로,
움직이는 기둥으로,
울고 웃는 환영幻影으로 변해 갈 것이다

팽창하는 새내기여,

구겨지는 세월 속에서
너는 곧 중견이 되고
노장이 되고
마침내 생몰 연대로 남겠지만

>

흑백의 이분법

이쪽은 여전히 청춘이다

저쪽에서 여전히 나는

이쪽의 그대를 본다

햇빛을 받을 때마다 바다는 황금 어장이다

햇살이 너무 강렬해 4번 타자의 선글라스를 찢어 놓아
빗맞은 볼은 결국 바다에 빠진다
바다는 달빛 온도가 적정치여서 속도 또한 조절된다
바람이 살아 강속구를 뿌린다
공백을 빚은 강속구 투수는
분명코 연봉과 관련이 깊다

무한 규모의 물량을 확보해 둘 수 있는 창고
자족의 다양 에너지 생산으로 비축이란 단어는 불필요하다
빛과 소금이면 전부라고
신비롭고 경이로운 공원을 갖추어 놓은 쥐라기 공원보다 훨씬 원초적
지상 최대의 희귀종 수족관
기록은 경신할 수 있어도 그 크기를 화면에 옮길 수는 없다
황금 어장은 돈을 의미한다 구단과
코치진의 노력은
투자 방향을 결정하는 중추적
역할을 할 것이다

만삭滿朔

달이 저렇게 차올라 만월이 되리라는 것

속절없이
나만 야위어 가고 있다

평행선

한낮 열기가 하늘과 땅의 경계를 흐려놓는다
미망迷妄은 아지랑이의 다른 이름이다

해와 달이 갈마드는 곳이다

나란한 철로 위를 구르는

무쇠 바퀴 한 쌍이 멈추는 곳은 어디쯤일까

철로는 끝내 만나지 못한다

그리고
헤어지지도 못한다

산타로사의 밤

잠을 벗어 던진 유리창 사이로
자정이 넘어 온다

산타로사의 밤은
담아 온 석양빛에 한층 충혈된 눈을 뜨고 있다

생각이 생각을 낳는 밤이다
무수한 시어들이 불빛처럼 켜졌다 꺼진다

문밖 기척은 누구인가
문득 젊고 남루한 나의 방문을 받는다

부도수표처럼 구겨진 이불이며
태평양 너머에 두고 온 희망이며
그 모든 과거가 한 번에 나를 찾아온다

산타로사의 밤은 언제나 무거워
걸어 둔 외투 그림자마저
내 집의 해안선을 생각나게 한다

곤히 자고 있을 아내가 그립다

봄

노란 개나리들이 주르륵 울타리를 넘어온다
그들은 언제나 동물성이다
다시 보니 삐악거리는 소리까지 들린다
누가 저 노란 물감을 쏟았을까
봄이 되면 신께서도 졸음에 겨워
손이 젖어 있으신 모양이다

심장의 작전 수행

비 그치고
똑, 똑
명치끝에 와 박히는 낙숫물 소리
귀에 익은 소리다

당신인가

젖은 것들은 모두 흘러가고
우리의 세월은 아직 그 자리를 맴돌지만

한마디면 그만 터질 것 같아 나는
펜촉을 세워 더 깊이 가슴을 긁을 거다

비 갠 후 나가 보니
처마 아래가
나란히, 고르게 패어 있다

간밤에 누군가 여러 번
발을 굴렀구나

에덴의 동쪽에서 저무는 서쪽까지

에덴의 동쪽에서
저무는 서쪽까지
손끝에서 가슴 깊은 데까지
그대를 향해 있습니다

가느다란 실금 같은 것이
이어져 있습니다
그 금을 따라 그대 울음이 새어 나오고

그대 눈빛 다가오던 그때 그 길
뿌리 내린 야생화들 지천을 채우고도
넘치는 환희였던 길

나는 가슴을 뜯고 소리를 지르며
길길이 뛰었으나

에덴의 동쪽에서
저무는 서쪽까지
그대 뒷모습에서 발뒤꿈치까지

>

그대가 걸어간 자국이 저렇게 흔들립니다

그대 사라진 흔적이

나의 길이 되었습니다

너의 이름을 적은 종이를 네 자리에 놓아 두었다

다시 매는 신발끈이
툭 끊어진다

너 머물렀던 자리 아직 비어 있다
채울 수 없을 것이다
네가 영원히 없으니 그곳은 끝끝내 사라질 것이다

내 가슴에 묻은 네 체온
아직 식지 않아
내게선 온기가 피어오른다

물 덜어 낸 자리에 모여드는
물처럼
그리움은 계량計量되지 않으니

나는 너의 이름을 적은 종이를
네 자리에 놓아두었다

출석부 앞에

어린 네가 나타나

손 들고 대답이라도 할 것처럼

이순耳順

풀 먹이고 다림질한 옷
보톡스를 넣은 얼굴
이만하면 푸르다 싶었는데

내려다보면 발밑이 무성하다
캄캄한 잡초가 발을 잡는다
올려다보면 모기가 난다
내게만 보인다

침침한 눈 탓이다

손수건을 꺼내 안경을 닦다가
닦아야 할 것은 안경이 아니라는 것을
문득 깨닫는다

지나온 시간의 따스함과
공간의 깊이
그 뜻 아직 헤아릴 수 없는데

이토록 유현한 풍경이라니,

그렇다면
대체 나는 저곳을 어떻게 건너야 한단 말일까

필랜의 밤바다

모래밭은 너무 길어
그림자도 깃들지 않고
메아리도 돌아오지 않는다

사막이 피워 낸 꽃도 꽃이지만
석양에 물드는 바다는
어떤 염료로도 흉내 낼 수 없다

곧 칠흑이 오리라
수십만에 이르는 빛을 끊어 내는 시간의 칼날,

오래도록 버려둔 파지를
수십만 장 그곳에 던져 넣는다 해도
그 밤바다를 그려 내지는 못하리

그러나 나는 할 수 없다는 말을 끌어당겨
바다의 윤곽을 그리고
파지를 한두 장씩 던져 넣어
바다의 수위를 하염없이 높인다

퍼즐 맞추기

상처투성이 오솔길을
오르다
크고 작은 돌멩이들을 본다

다음 날
다시 오르니
풍경이 미묘하게 달라져 있다

어제 본 작은 돌이 그 자리에 없다
마실 나갔나?

내가 무심코 돌을 던지면
이 산은 그 돌만큼 키가 작아질 것이다

돌들의 가출을
나는 눈치채지 못했다

아랫마을에 당도하니
또 한 사람의 부음이 도착해 있다

파도는 파와 도 사이 음악이다

햇살 시들어
과일 껍질 같은 저물녘
그대 사랑하는 마음
노을처럼 식어 가면
바다에 내리는 구름은 의상을 바꾸고
햇살을 거두어 간 수평선도 홀로 아득해진다

나는 무엇으로 채워졌나
그대 떠난 자리 바람만 와 앉고
사랑한다는 말,
보고 싶다는 말,
파도가 실어 간다

파도는 파와 도 사이의 음악,
마지막 반음은 그대의 빈자리를 위한 것이다

나는 솔에 이르지 못하고
그예 어두워진다
붉게 타오르던 마음
석양에 내어 주고 만다

지난날

바위틈에 앉아 있는 갈매기에게는
아직
비상할 수 있는 날개가 있다

나의 영혼도 몸을 벗고
저 물에 뛰어들 때가 있을 것이다

수심水深에서 수심愁心으로
이 누추한 몸에서 가장 가벼운 영혼으로
나와 새는 어쩌면 그렇게 생을 맞바꿀 것이다

겨드랑이가 가렵다
날개가 돋았던 흔적이다*

* 이상의 단편소설 「날개」에서.

어머니

거울 앞에 앉으신 우리 어머니
이거 발라 보시라고 내민 화장품에
아니다
이런 거 바른다고 주름살 안 펴진다
속주름 없으면 되었다고
손사래 치시던 우리 어머니
주름이 많아야 많이 담을 수 있다며
그렇게 너희를 담지 않았냐고
웃으시던 어머니

꽃잎 꽃잎

아름드리나무 아래
꽃잎 떨어져

저렇게 예쁜 미소가
그늘져 있네

나는 전속력으로 그대를 지나쳐 왔다
나는 내가 너무도 많았다

그러나
가는 곳마다 나무들이 있네
도달한 곳마다
꽃그늘이 있네

아내에게

엎질러진 물감도 때로는 그림이 돼
살아간다는 거,
한 폭의 그림을 그리는 거라면
우리는 어떤 그림을 그려 온 것일까?
얼마나 마음을 엎질렀을까?
우리 집 처마 밑에 둥지를 튼 새처럼
나는 그대의 그늘 밑에서 쉬었고
그대는 나의 둥지 아래서 살았지
오늘따라 저 새의 어린것들이
노래하는 풍경을 만들어 주고 있네

바닷물이 빠져나간 자리에서도
소금꽃이 피듯
우리는 때로 눈물로 꽃을 피웠지
그때 내 눈에 당신이 보이지 않았던 건
당신이 나를 안아 주었기 때문이고
내가 보이지 않았던 건
당신이 울고 있었기 때문일 거야

그렇게 우리는 꽃 뒤에서 한 시절을 보냈지

우리 앞 백지에는

이제 또 어떤 그림이 펼쳐질까

내비게이션 그녀

시동을 걸고
내비게이션에 목적지를 입력한다

거침없이 명령하기 시작하는 그녀
직진하세요
우회전하세요
좌회전입니다
유턴하세요

익숙한 이 억양 누구였더라,
지루한 잔소리 같아서
거부하고 싶지만
내 몸은 이미 명령에 길들어 있다

보온병에 채워 둔 알맞게 따뜻한 커피
식도를 타고 흐르는 이 부드러움은
아내가 준비한 것이다

유턴하세요
좌회전입니다

우회전하세요
직진하세요
처음 들은 것과 반대 순서로 말하는 명령문에 따라
집으로 돌아온다

빈 보온병을 받아든 아내가 한마디 한다
씻으세요

아, 나를 이곳까지 당도하게 한 목소리
이 목소리였구나

완행열차가 그립다

열차가 역에 멈출 때마다 어머니는 물었다
—야야, 다 왔디야?
—아니요. 아직이에요.
시장하다는 보챔이었겠지만
나는 귀찮다는 듯 응답했다
이제야 노모의 질문이
당신 생애에 대한 것이었음을 안다
—야야, 이렇게 다 온 거디.
아니라고, 아직이라고 말하고 싶지만
어머니는 끝내 열차에서 내리셨다

시를 쓸 때마다 행行이 선로만 같다
나는 어디까지 온 것일까
아직인가, 아니면 이렇게 다 온 것인가
내 시는 어느 줄에서 끝나게 될 것인가

그 별

끊임없이 흘려보내도
마르지 않는 샘이 내게는 있다, 눈물샘이다
울지 않는 날이 쌓여 갔으므로
그 샘의 수심이 깊어졌다

한번 이별하고 나니
그 별은 이제 이 별이 되지 않는다
아니다, 나는 이렇게 고쳐 적는다

이별 덕에
그 별은 이제 이별이 되었다
그 별 덕분에
나의 밤은 아름답다

기억

잉크가 말라 버린 만년필,
그으면 무無의 줄 하나가 지나간다
파란색 아니면 빨간색이었을 선,
봅슬레이 트랙을 닮아
빠르게 기억을 내보내는,

산소통과 작살을 메고 뛰어든 바다,
무엇을 잡겠다는 마음보다
무엇을 놓치지 않겠다는 마음이었겠지

잉크빛 바다 혹은
석양에 물든 붉은 바다

내 펜은 오늘도 미끄러지며
그 없는 붉고 푸른 빛 속으로 들어간다

어쩌면 기억은 꿈과 같아서
나의 눈은
처음부터 색맹이었을지도

인연

아침이 열릴 때
마주할 사람이 있다는 건
행복한 일이다

동시에 눈을 뜨고 서로 바라보는 일
그럴 때면
이불이 그 사람의 몸만큼 부풀어 오른다
차가운 의자에 온기가 돌아온다

밤새
그 사람이 거기 앉아
나를 바라보았다는 듯

아침이 열릴 때
거기 없는 사람을 그리워한다는 건
행복한 일이다

그럴 때 나는 그의 의자를 당겨
내 앞에 데려다 놓는 것이다
웅크린 이불도
그 사람 생각에 더욱 몸을 구기는 것이다

추억 다시 잡다

추억한다는 건
심장에 블랙박스를 단다는 것
217분 걸려 도달한 그 사람의 집까지
217분 걸려 찾아간다는 것

그 장소
그 순간
그 사람
모두 순서대로 재연한다는 것

내가 지키지 않은 신호
지키려 했으나 너무 빨리 바뀐 신호
때로
나를 무단횡단해 간 그 사람까지

소실점 너머에서
뭉개지던 초점이 순간 또렷해진다

어디선가
사이렌 소리가 들려온다
오는 것 같다

캐니언 소묘

바짝 마른 고사목을 보며
미련에 대해 생각한다
죽은 지 오래인데도 너는
나무의 형체를 버리지 못했구나

협곡 아래로
부서진 이판암 조각 하나 떨어진다
아직도 으르렁대는
시간의 아가리에 고기 조각 하나 물려 주는 것이다

운무 지나가자
꽃은 벌써
살랑살랑 몸을 흔들고 서 있다
온몸이 꼬리라도 되는 듯이

너는 알고 있었어

너는 알고 있었어
아무 일도 없던 것처럼
마음 두는 곳에 이미 길이 있는 걸

처음부터
예약된 만남은 아니었지만
가깝고도 먼 그 길
사계절이 바뀌어도 걷고
새싹으로 피어나
뒹구는 낙엽까지 그립지 않은 것 없었으니

그리움이 길을 낸다고 적으면
이미 글자들 사이로 소로小路가 생긴다

어절과 어절 사이에 난 길
잠시 잠깐의 머뭇거림이 만든 그 길
나를 따라
네가 내게 들어올 그 길

메아리

산을 오르다 보면
앞을 걷는 사람도
뒤를 따르는 사람도
몰아쉬는 숨소리 같지 않던가

산을 오를 때 한 번
내릴 때 또 한 번
사람들이 몰려가는 것은 산의 들숨과 날숨이다

후미진 곳에서
능선 위 몰랭이까지
사람들의 헉헉대는 소리는
산의 호흡을 나눠 가진 것이다

큰 호흡을 부르느라
충혈된 얼굴 때문에
단풍도 저렇게 붉어지는 것이다

블랙홀

렌즈의 초점을 맞춘다
흐릿한 사물이 또렷해진다

김치나 치즈를 먹은 얼굴들은
마네킹처럼 무표정하다

초등학교 졸업 사진을 찍던 그때도 그랬다
반백 년 전,
그때 그 아이는 왜 그리 긴장했을까

반백 년 후
어떤 중늙은이가 렌즈 너머에서
자신을 바라보고 있다는 걸
그 아이는 보았던 걸까

빛도 시간도 빨려든다는 블랙홀,
아이는 지금 그 앞에 서 있다

산행

정상에 오를 때까지
숨찬 내 모든 말은 이탤릭체로 기울어져 있다

그곳에 네가 있어
내가 온통 그리로 쏠려 있기 때문이다

첫사랑

산을 오르다
첫눈을 만났습니다

뽀드득,
소리가 납니다

모든 첫,
에는 그렇게 부서지는 소리가 있습니다

그녀를 처음 보았을 때도 그랬습니다

소용돌이 속에서

그리워서
그립다 그립다 노랠 불러
그 사람 그립지 않게 된다면 그리하시라

힘들어서
힘들다 힘들다 되뇌면 되뇔수록
그 일 힘들지 않게 된다면 그리하시라

높은 곳에 오르겠다고
제자리에서 펄쩍펄쩍 뛰어올라
날개라도 돋쳐 낼 수 있다면 그리하시라

달리는 열차 안에서
온몸을 실어 달음박질쳐서
종착지에 먼저 닿는다면 그리하시라

자리로 돌아가 앉으면,
차창에 매달려 있는
저 고요의 달을 보시리라

아름다운 노래

새들은 솔잎 사이
오솔길에 떨어진 햇살들을
콕콕
여린 스타카토로 가볍게 찍어 나른다

숲은 새들이 만들어 낸 모자이크다

피콜로 같은 새들의 노래는
숲의 모자이크에 붙인 색상표,
높은음자리에 걸려 있어 가격이 높다

거기 초로의
만보객 하나 그려 넣는다고
새들이 들고 일어나지는 않으리

바로 서는 마음

어릴 때 자주 들었던 노래,
다시 생각해도 가슴 아팠지

나무야 서서 자는 나무야
누워서 자거라

그런데 우리가 소나무의 기상을 사랑할 때
하늘 향해 우리도 두 팔 벌리지 않던가

그 나무들을 한 아름 껴안은 저 산도
한 번도 웅크리지 않는다

다만 걸어온 발자국들만이
취객을 흉내 내어 이리저리 찍혀 있다

가끔은 벼락 맞은 나무가
그 취객처럼 누워 있기도 하다

쓰러진 나무에게 꿀물이라도 부어 주고 싶다

중심의 시간

자전거 페달을 밟는다
녹이 슬어 군소리를 내지만 어쨌든 돌아간다
나는 두 개의 바퀴 사이에
몸의 중심을 얹는다

흘러가는 중심이여
삐거덕거리는 기어는
나의 중심을 투덜대며 옮겨 준다

앞도 뒤도 아닌 가운데에
왼쪽도 오른쪽도 아닌 중간에
지면도 하늘도 아닌 허공에

넘어지고 부서져 본 사람은 알지,
중심이 얼마나 위태로운 것인지
다시 추스르며 일어선 사람은 알지,
눈앞만 보다 보면
먼 곳이 문득 다가와 있다는 것을

투덜대는 페달을 동행 삼아서

언덕을 오르내리면
문득 태양이 뜨고 태양이 진다
태양이여, 그대도 지면에서 지면으로
두 개의 중심을 옮겨 가고 있구나

그렇게 나도 내 중심을
그대 쪽으로 옮겨 가고 싶다

뭉게구름 사설

언제부터 따라왔을까,
건너편 능선 너머로 하얀 강아지 한 마리
꼬리를 치며 이쪽을 보고 있다

선풍기를 떠난 바람이
허공을 파랗게 칠하느라 부산을 떠는 바람에
사지가 잘리고 목이 떨어져 나갔다가도
저렇게 침묵을 끌어모아
한번 몸을 흔들어 보는 것이다

이곳은 자이언트 캐니언,
층층이 쌓인 억겁의 세월 사이에서
강아지는 건너가지 못했던
한 가계를 완성한다
이편에 노모와 어린 나를 세워 둔다

시선을 거두며
그놈의 참 귀여웠던 눈만 생각하다
때아닌 폭신한 털외투가 그대로
통째 떠 있는 것을 본다

>

아름다움은 무화無化의 내면이라는 듯
우리에게 허락된 기쁨은
로드킬의 한 형식이라는 듯

환희

꽃씨가 발화發花할 때에도
성냥이 발화發火할 때처럼 뜨거워진다는 것을
아느냐고 묻는 말에
화들짝 놀라는 사람

무슨 향수를 쓰느냐고
당신이 내 곁을 스칠 때
향기가 났다는 말에
흔한 스킨이라고 둘러대는 사람

별이 수백 광년 떨어져 있다는 것은
그 별빛이 수백 년 걸려서
이곳에 당도한 것이라는 말에
별소리를 다 듣겠다며
그것도 별이라고 웃는 사람

나는 다음, 그 다음이 궁금한 사람이야
그 다음엔? 그리고 그 다음엔?
눈을 반짝이는 사람

>

옳거니!

폐백 드리는 날

대추는 치마폭에 던져질 때
쭈글쭈글 줄어든 본심을 드러낸다

가는 허리는 쉽게 휘어지면 휘어졌지
부러지지는 않더라고
낭창낭창한 세월에 맺혀 살아온 싱싱한 몸
신혼 초야에 그렇게 받쳐야 달달하게 사는 생이 된다고
이 빠진 웃음소리 우르르 치마폭에 던져진다

알알이 탱탱 야물어진 채로
이제는 말로 할 일 아니라며
반지르르 구르는 알밤에 섞여
세월만큼 자잘하게 쭈그러들 몸이니
아무 상관 말고 아들딸 고만고만 내질러야
너 할 일 다 하는 편한 세상 살 것 아니냐고
굽은 열 손가락 펴 던지는 시어미 욕심이
다홍치마 폭에 양껏 담긴다

늙은 대추 젊은 알밤 섞어 와르르 받아 안는
새아기 속내 아무도 알지 못한다 해도

폐백은 화기애애 잘도 마치었다고
늙은 안사돈네끼리 주고받는 눈웃음들
의미가 아주 깊어 보인다

흔적

신작로를 지나는 것은
바람이 아니었다

흩어져 있는 발자국을 뒤지는 눈길은
행여 포개져 있을
누군가의 기억을 더듬고 있는 눈길

미간을 간질이던 단발 앞머리가
아직도 허전한 가슴을 끌어 얼려
억새 마른 꽃으로
고갯마루 턱에 흐늘흐늘 눕는다

이 길은 어디서 많이 본 길,
내 외도外道가 만들어 낸 풍경,
그렇다면 저 발자국은
내가 오래 헤매 다닌 바깥이었으리라

흔적 2

제 체온에 지레 낡아 버린 의자가
덩그렇게 놓여 있다
털썩, 제 몸을 의자 위에 부려 둔 자세로
의자가 앉아 있다

밑동을 자르지 않아도
뿌리는 나오지 않을 것이 분명해

이봐, 당신도 뿌리 뽑힌 지 오래지 않아?
덩굴처럼
당신을 타고 오르는 식솔들

혼선

여보, 응급실이야
얼른 와 아이가 아파

안방에 가 보니
아내도 아이도 잠들어 있다

전신주를 타고 흐르는 전류의
스위치가 내려진 것이 아닌데

뒤엉키는 대화는
창 안에 뿌리를 내린
장미 때문이다

유리를 박살 내고
안으로 들어서라

웬일이야 전화를 다 주고
너는 드디어
장미 향에 빠질 것이다

휴일 오후

고양이 한 마리
숨 죽은 배춧잎이 되어 늘어져 있다
그를 따라
오후의 풍경이 한없이 늘어난다

교복에 칼 주름을 세우고서
기세를 부리던 학창 시절

새침데기 그녀는 거울 앞에 섰고
애교 넘치던 그이는 비만이 되어
퍼질러 있다

문득
등허리를 수축하며 입맛을 다시는
고양이
그에게서 실체가 돌아왔다
초침이 움직이기 시작한다

휴일 오후의 MBTI

수염을 깎는다
매일 면도해도 자라는 수염을 깎는 것은
자연을 거스르는 일
본디를 밀어내고 문명을 입는 일

자연과 문명은 서로를 참는다

옆집 고양이가 담 위에서 기지개를 켜는 동안
빛과 그림자의 경계는 맞물려 이동 중이다

차지도 뜨겁지도 않은 휴일이
고양이 자세로 척추를 이완한다

달리의 시계처럼 나른한
늘어져도 그런대로 돌아가는 시곗바늘이
휴일이어서 위독하다

휴일은 꿈이 있어요
부를 노래가 있고요

>

어제와 오늘이 그랬으니 내일도 변함없을*
멜로디 도무지 물리지 않는 노래

하나가 전부이고 전부가 하나인 노래는

이래도 그만 저래도 그만인
휴일은 참을 수 없어 흘러내린다

세 개의 시곗바늘이
변주하는 속도는 실상이 다른
숫자를 가리키고 있다

초침만 부지런히 움직인다

* 영화 《맘마미아》 사운드트랙 중 〈I have a dream〉의 한 소절.

휴일 오후의 MBTI 2

고양이 한 마리
숨죽은 배춧잎과 구별되지 않는 모습으로
담장 위에 늘어져 있다

낮잠과 낮잠 사이에
고양이 꼬리가 곧추어졌다 내린다

그때마다 정원의 풍경이 한 번씩
기우뚱 무너졌다가 제자리를 찾는다

당신에게 흔들렸을 때 나도 그렇게
꼬리를 짐짓 곧추었었지
당신이 웃어서 더욱 그랬지

십 년 같은 하루는 뇌사 상태다
마구 뛰던 가슴은 부정맥 증세

무정란을 품다 지친 날개가
횃대를 송두리째 비워 내는 날은
아마 그럴 거야 휴일일 거야

의자

나를 담는다
체온을 기억하며 졸고 있는
오래된 그릇에 너를 담는다

언제든 안길 수 있는 위안이 낡아 가고 있다
체중을 맡기고 비비대어도
체취라곤 없는

어머니 당신이 앉던

흑장미

자정이 지나고
눈금 하나 움직이면 오전이다
그렇게 칠흑의 밤과 대낮의 정점을
아우르는 오전

정오가 지나고
눈금 하나 움직이면 오후다
정수리에 뜬 해와 별이 총총 뜬 한밤을
아우르는 오후

아우르는 모든 것은 검다

아무리 보아도 붉은 그러나
너의 이름은 흑장미

어둠을 아는 빛깔에 기대어
어둠이 지닌 고혹을 마신다

밤이 깊을수록 짙어지는

종소리

별빛인 줄 알았습니다
칠흑 어둠을 뚫고 내려
정수리에 박히는 밝음
잎에서 떨어지는
이슬방울 소리인 줄 알았습니다
드나들던 파도 소리는
이미 멀리 떠나고 없는
갸우뚱 주위를 살폈습니다
별들은 그대로 하늘에서 반짝이고
이슬은 풀잎에서 잠든 사위
숨 고르는 고요뿐인
잠 못 이루는 외로움에 파고드는
귀에 익은 오래된 종소리
지친 다리 꿇리시고
어둠에 빛 밝히시는 소리 듣습니다

게걸음 걷기

옆으로 걷는 동작은 춤
등이 보이지 않아
당기며 밀며 네게로 가는 거야

춤추는 바다를 봤니
햇살은 뜨거움으로 바다를 연주하지
물의 현으로 켜는 멜로디에 맞춰
바다의 옆구리를 간질이지
아닌 척 모르는 척 옷을 적시지

나는 한 마리 바다표범
검은 수트를 입고 잠수하러 가지
발걸음마다 조약돌 부딪히는 소리
닿는다는 것은 소리를 가졌지

가끔 접근 불허의 해변이 가로막으면
우리가 헤어질 때처럼 게걸음으로 걷지
총을 든 출입 금지 팻말도 어쩔 수 없지

건반은 게의 족보와 같아
옆으로만 구르는 건반 위의 손가락

퍼즐을 맞추다

산길을 오르다 패인 자국을 본다
풀이 나지 않는 흙이
속살이 그대로 드러난 곳이다
너만 한 돌이 묻혀 있었을 것이다
사랑니를 뽑은 다음에도 저런 구멍을 본 일이 있다
잇몸을 파고 들어가 하악에 뿌리내린
빈 구멍이 있었다
돌은 눈여겨봐 두었던 도심 어느 후미진 곳으로
입 앙다물고 뛰어내렸을 것이다
네가 동가식서가숙하리란 생각에
내 마음의 속살이 아리다
아무래도 그 돌이 있어야
이 고집스러운 심사가 완성되리라
퍼즐의 진수는 마지막 한 조각이니

선인장 자서전

나는 때때로 내가 거북하다
완성되지 못한 문장처럼
구겨 던진 종이처럼 캄캄해지면
나는 필랜에 간다
하늘을 닮은 바다와
다른 출생의 내력을 가진
사막이 종족의 언어로 수군거리는 곳
그림자도 살지 않고
메아리도 오지 않는
사막의 이념과 바다의 사상이
물결의 노래를 합창하는 곳
모래언덕 후미진 곳에
거북이는 알을 낳으러 오고
나는 나를 만나러 간다
바다가 한없이 드넓어도
메마른 사막이 함께 있듯
나는 너무 많은 나로 인해
출렁이고 있다
메말라 가고 있다
일몰에 번지는 노을이

일별의 몸짓으로 꽃이 될 때
나는 나를 일으켜 세우며
돌아가자
곤히 잠든 아내가 있는 곳으로
돌아올 수 없는 길을 떠난
아이가 있는 곳으로

더 붉어지기 위하여

내리쬐는 햇살
멈춰지지 않는 매운 눈부심
고추는 그냥 붉어진 알몸으로
멍석을 깔고 누워 버렸다

제 몫만큼 더 붉어지고
제 몫만큼 더 태워지면
하늘도 그리
독하게 매워질 쪽으로 기울리라

지레 속부터 붉어진 잎 하나
더 붉어지면 더 매워질지 모른다고
서녘을 향해 떠난다

사는 것

한 달에 열흘만 일한다고
남들은 부러워한다

의지 하나 세우기 위해
스무 날을 죄다 노는 꿈으로 패러디하며
불태우는 눈물을 보지 못해서이다

타고 난 개성대로
활동하는 것이라 여기는 그들과는 천지 차이
현실은 기혼과 싱글의 각기 다른 의식구조밖에 없어
세월의 변화가 스펀지에 스며든 물처럼
의식의 무게감을 어찌 느끼리

비움의 미학이
일치되지 않는 부분의 아킬레스건을 유지하는 것이라
삶을 윤택하게 꾸며 보고 싶은 그 욕구 하나 있으면
나 사는 것 아닌가……
됐다

2023년 새해 아침에

계묘癸卯년 새해가 밝았다

모든 것이 휘청이던 지난 3년
유칼립투스 가로수 길 사이로 짙게 밀려든 해무 속을
걸었다

지친 영혼에 스며들었던 연무를 걷어 내고
수평선 너머 떠오르는 붉은 희망 속으로 내지른다
나는 살아 있고, 생각하고, 존재한다고

그렇다
막막한 어둠 속 헤매는 시간이 없었다면
밝아 오는 아침 바다의 붉은 수면이 이렇게 가슴 떨리게 할 수 있을까
밤이 선생이라던 책의 제목이 새삼스럽다

시행착오 속에서 우리는 성장한다
3년의 어둠이 다시 거듭되지 않도록
함께 가는 세상
밝은 세상

건강한 세상
토끼를 통해 지혜와 평화의 의미를 새겼다는 선조들처럼

빛과 희망을 찾아 함께 외치자
꿈과 사랑과 평화, 희망이 담긴 따뜻한 삶이 되기를 기원하면서
2023년 새해의 떠오르는 태양을 향해
두 손을 높이 든다

꿈길

여름 장마철인데
보채는 아이에 못 이기셨을까 어머니는
그것도 재롱으로 여기듯 징검다리를 건너
피크닉을 가 주셨다

아이는 엉뚱하게도 길고 탱탱한 여자의 다리를 느끼며
—이건 분명 느낌으로—
유혹이 되는 건지 모른다고
마음이 뒤숭숭한 채 피크닉에 빠졌다

생전의 어머님은
일상의 병풍을 두르신 야윈 모습을 인내하시며
지극정성 다독이던 기억
뵐 수 없는 현실에서만 설렘이 되는 몽환夢幻

꿈속이었던 게지
얼핏 비치던 아까 그 여인은 필시 유혹으로 확대되며
귀여운 아이의 재롱은 꿈도 꾸지 않는 게 맞다 이르고
어머니의 보살핌의 의미를 따돌린다

>

아이는

꿈이 뒤숭숭한 이유를 굳게 담아 걸며

—어머니—

무겁게 불러 본다

차라리

가로등이 하나둘 꺼지는 것을 보면
새벽이 오고 있는 것을 알지만
날은 언제나 앞서 밝는다는
그 의미의 새로움에 거는 기대로
고갈된 정서는 시장기를 내걸고 배 속을 주무른다

먼 출장길을 나서는 아침은 늘
물가상승 고도를 향한 액셀러레이터를 밟는
오른쪽 다리를 퉁기는 긴장이다
플라스틱 카드가 자리 잡은
지갑은 오른쪽 바지 주머니에 있으니까

먼빛에 해저드에 빠져 있는 볼이 반짝 웃는다
부산한 발자국이 어지럽게 널리지만
찬스는 없다
더블보기 트리플 갈매기를 또 적어야 하는 운명을
웃는다 하얗게

인프라를 새롭게 구축하는 것은
코스를 뒤집어 놓겠다는

말도 안 되는 아이디어다
차라리 동맥경화를 예방할 수 있는
디딤돌을 꺼내는 일에 마지막 투자를 하는 거다
번호를 꾹꾹 누른다 아주 강한 지문이 찍히도록

한잔합시다 김 형!

사연

나뭇가지 사이로 보이는
이런저런 이야기
바람 잘 날 없이
햇살이 머물다 간 자리에는
반드시 이슬방울 하나 맺혀 남는다

제기한 것이 의혹이었든 아니었든
경험을 토대로 한 발설이었든 침묵이었든
낮과 밤의 일상을
간단없이 웃겼다가 울고
울다가 웃는 무대 위의 너는
순백의 드레스였다

흑백 사진을 펼쳐 든 채
나뭇가지에 걸터앉아 수다를 떨고 나면
곧
반드시 이슬방울 하나 맺혀 남는다

시인의 노래

모든 향내는
가슴에 고이는 대로
펜 끝에 찍혀 나온다

부드럽기도 하고
때로는 날카로운 칼날이 되어
가지 끝에 생채기를 내는데

화폭은 벌써
밭에 뿌려지는 씨앗을
다독이고 있다

퍼즐 놀이

상처투성이 오솔길을 오르다
크고 작은 돌멩이들 빠져나간 자리를 본다

배를 잡고 구르다 홀딱 빠져나간
조약돌 자리인지 몰라
아니다 그것은
좆 큰 놈 미역 감듯 멈칫거리다가
덜컥 어금니 하나 빠지듯 뽑혀 나간
덩치 큰 놈 두뇌에 남은
보드랍기 그지없는 빈자리의 감촉
아찔한 벼랑 끝에 삐져나온 헐벗은 삶
가는 풀뿌리 한 올에 대롱대롱
시간문제로 제시된 존재라는 고집이다

내려다보이는 도시는 안개 때문에
내려다보이던 도심 어느 후미진 곳에 남아 있던
그 빈자리를 기억하지 못하는 것이니
언제든 뛰어내리라고
그러면 닿는 곳이 채워질 너의 빈칸이어서
제 것인 것을 알게 된다고 하지만

한 번 속지 두 번은 속지 않는다
똥고집 부리고 있는 심사가 차라리 옳다

끝까지 해야 하는 놀이가 있다
그 퍼즐 놀이의 진수는 마지막 한 조각 때문이니
계속 놀이를 하는 거라고
대롱대롱 매달려 있는 재미를 보는 것이다

잠 못 드는 밤

마실 나간 잠을 기다린다고
기다림만 굵은 무게로 용암을 토해 내는
뜨거움이란 감각은 전혀 없이
손가락 사이를 비집어 뚫겠다는
형광등 무게에 짓눌린 눈자위

시간은 저들끼리
더딘 줄다리기를 벌이고
러시아워에 걸린 새벽 발치에 뛰어드는
느닷없는 소나기 소리에 팍 젖어 버린
꿈을 실은 나의 종이배는 어찌 될꼬

하마 나를 잊은 지 오랜 무딘 세월인지
아무도 알 수 없는 토막 인생을
느려 터지게 뛰는 심장 박동으로 짐작하기로는
아직 고르지 않은 스피드를 애써 당겨 대고 있는
시늉을 우선으로 하는 생각의 마디마디가
차라리 부스스한 통증 그 자체라는
생각이 어렴풋한
이도 저도 아닌 오리무중 세월을 앓고 있다

스노클링

웅장한 그랜드캐니언이
물속에 깊이 잠겨 있다

협곡을 가로질러 쏜살같이 꼬리 치는
크고 작은 물고기
트레일을 따라 산행 중이다

암벽을 타는 불가사리, 홍합, 성게, 전복, 소라
각양각색으로 춤추는 다시마 미역
파도에 휩쓸려 테마를 쫓아다니는 각종 행사에
주안상을 차린
희희낙락 즐거운 비명도 있다

흘러나오는 침을 아슬아슬하게 꿀꺽 삼키고
스노클 장비를 통해 내쉬는 들숨 날숨
역동적으로 휘젓는 물갈퀴
또 다른 테마파크가 조성된 장소를
찾아 나선 것은 이번이 처음은 아니지만
볼수록 더욱 새로운 세계

>

시간 시간 공연이 바뀌고
매력적인 캐릭터를 연출할 배우가
하나가 아니라는 것, 모두라는 것
물 깊이에까지 움찔거리고 있는 파도가
허연 이를 감추고 있는 비밀을 본다

그리움의 연상

날개 치는 것일까
아니다
사는 일이니까 묶여서도

창살 안에 있는 새는 늘
창밖을 나는 그리움을 쪼아 먹는 꿈으로
깃을 낡아 빠뜨리는 일을 한다
그것은
세월을 무감하는 DNA 때문이니

스쳐 가는 바람 소리라고 느꼈을 땐
그것은 긴 한숨으로 남을 것이고

나를 스치는 바람이 아니라
내게서 일어나가는 바람이라는 것을 깨달을 땐
나는 온실 안의 화초가 된다
분명
부메랑으로 환희는 나비를 타고 온다
나는 나의 존재를 지키고 있다
더욱 그리워질 수 있게

봄날의 센스

양지바른 이들에게
생동감을 주는 연초록의 떡잎부터
꽃 진 자리 감싸 주는 젊음의 행진
노란 병아리들 언덕을 오르내리는 삶
모두 춤으로 보는 봄
그 점은 양호한 미 학점

프로세스 기류를 타고
여름을 향해 훌훌 벗어 던진 옷은 넝마로 보는 오류
무르익은 정렬의 만년 셔츠
뜨겁게 불태워 탑재된
레이더와 소프트웨어, 최신형 카메라, 센서,
늘 바라는 꿈은 새로워야 하는 한
그것 때문에 아직껏 현실을
딱지도 떼지 않은 채 넘기려는 추구병 환자라 해도
변화할 과정을 위트 넘치게 표현하는 멋 때문이라면
이 또한 부리는 한때의 멋 부림이어도 좋다

타이틀 곡의 주제가
사랑으로 행복 누리기라면 무조건 너는

봄을 향유할 줄 아는 젊음

그 자격자가 맞다

바다

살과 달빛을 만날 때
그곳은 언제나 넉넉한 풍요였다
쉬지 않고 일렁이는 바람으로
파고波高의 크기나 높고 낮음을 단속하며
더는 거대할 수 없는 물량을 담는 부피를
리미트limit로 하는
언제나 확고한 생태의 질서였다
그곳의 햇빛과 소금은 늘 알맞은 베풂으로
합성된 생의 명을 확인하는 은혜와 함께하는데
침략자는
신비롭고 경이로움에 대한 소유욕으로
더 많은 작살을 쏘아 대는 것이
자신만의 수족관을 가질 것이라 여기고 있다니

지상 최대의 희귀종의 수족관은
그곳을 떠나서는 없다
차라리 거짓 찬란의 큐빅cubic으로 채우는
투자 방향으로 수정하라

설욕雪辱의 노래

누구로부터인가 밀려왔을 생 하나
바위를 비집고 들어앉아
이제는 노송이 되고 만 그를 본다

아무것도
한 번을 이겨낸 일이 없을 것 같은
눈물이 냉각되어야 그리되는지 모를
비릿하게 굳어진 자세
추스르지 못해 굽어졌을 허리에 꽂힌
잔가지 끝 흔들며 매어 단
작은 솔방울 하나가
팔 푼 길이 솔잎들에 둘러싸여 있다

염원의 휘장을 두른 나름
마디의 묵은 세월이
운무에 가려진 바람 소리 뒤로한 채
구김살 없이 틔우는 새순에
호호 입김을 불어 주고 있다

퍼즐 놀이

새벽잠을 헤집어 나온
퍼즐 조각 하나
시간의 병풍을 펼친다

지나간 풍경은
아쉬움을 남기고
새롭게 펼치는 설렘은 두려움으로
깎이고 나뉘고 나면
과연 어떤 모양으로 다시 모일 것인가

채워진 공간마다
뿌리가 내리고 나면
박동 소리 키워 가는 나이테 따라
싹을 틔우는 그리움
퍼즐 맞추듯
맞추어지는 놀이 되는 것일까

낙엽

오솔길 따라 흩어진
낙엽을 보면
함께하고 싶은 체온이 있다

찬바람이 부채질하는
한 해의 끝자락을 향해
깊은 곳에서 번져 오는 잔재들이
열꽃으로 피어오른 중압감

걸어온 세월을 들춰 보면
하늘은 여전히 파랗고
밤하늘에 별 또한 초롱초롱한데
절기 따라 변해 가는 풍경은 왜
허전할까

끝은 어디일까?

세월의 울타리

나뭇가지에
물기 오르는 소리처럼
오늘도 나의 일상은 어김없이
물기 빨아올리는 소리로 익숙했었다

무아경에 빠져드는
로맨틱한 연속극을 보는 것처럼
특급열차를 타고 달려도
각본에 찌든 연출가는
시간대로 싹둑 잘라 다음 회로 넘긴다

서둘러 머금은 꽃봉오리
달려갈 일 없다고
그림자도 잠들게 느긋해진 밤
별밤지기 촛불을 끄고
밤하늘 저대로 밝힌다고
세월을 향해 머뭇거리거나
채찍은 들지 않는 평범
그래도 똥줄이 타기는 마찬가지다

>

울타리 어디쯤엔가
장미 넝쿨 넌지시 기대는 것 보이면
머지않아 조로朝露가 내릴 것이고
그늘진 마음 지친 자리는 또
생기가 돌 것이라 짐작하면
그대로 하루를 시작하는 줄을 서게 되는 것
무언의 평화가 이루어진다 믿고 살자

사랑이란

안경 속에 비친 그림자
한증막 수증기에 보이질 않아도
온몸이 후줄근히 맺힌 땀방울에 취하는 거야

나 더하기 너

수학 공식을 무시한 덧셈은 하나

유치원생이 비웃는 정답을 선호한
바보의 숙제장에
참 잘했어요, 도장이 찍히겠지

유모차를 밀고 가는 새색시

모성의 따뜻한 실루엣 동남풍이 불고
시침을 쪼개어 모닥불을 지피는 저물녘

타오르는 밤이여

>

약지와 중지에 심혈의 텃밭 일궈

희로애락 장식하는 꽃씨를 뿌리는 밤이여

빗금

해와 달이 그어 준 빗금이
커튼 너머로
누군가의 실루엣을 비춘다

당신인가?

뽕잎 갉아 먹는
누에의 입놀림 소리가 들리는 듯하다
마음이 깎여 나가는 소리다
타래에 감기는 실처럼
누군가 나를 칭칭 감는다

무성한 잎새의 교차로
어둠 속의 길을 찾는 신호등

빗금은 그늘과 빛을 교차하면서
음양이 한데 어울리는데

당신은 어디서, 무엇을 하고 있는가?

>

문득 커튼이 잠시 흔들린다

어울림

바짝 마른 고사목을 보고
하얗게 겁먹었을 때는 언제이고
운무에 가려져
긴가민가
어리둥절 드러난 거무스름한 몸뚱이 크기에
조각난 협곡의 짝짓기
바스락거리는 묘한 소리가
집대성한 젖줄이 되어 흐르자
벼랑 끝에 기대선
여름의 초입에
하얀 버선발로 나서는 아씨야

꽃잎은 흔들거리기만 해도
아름답단다

우크라이나

시위를 떠난 갈매기 떼가
화살촉을 만들며 날아간다

바람이 뒤척이는 공허함 속
형제를 찾아 울부짖는 하울링 소리 들린다

누군가 커피 잔을 들던 손가락으로
버튼을 누르면
전장으로 떠난 앳된 젊은이 얼굴이
딸깍, 하고 꺼진다

해 설

마지막 반음은 그대의 빈자리를 위한 것

—고광이의 시 세계

유성호(문학평론가, 한양대학교 국문과 교수)

1. 사랑의 에너지로 자신을 증명해가는 시인

고광이 시인의『파도는 파와 도 사이의 음악이다』(천년의시작, 2023)는,『무지개 다리를 건너』(2011),『내 마음의 풍경 소리』(2012)에 이어 10여 년 만에 출간하는 그의 세 번째 시집이다. 그는 폐허 같은 세상을 견디면서 사랑의 에너지로 자신을 증명해 가는 시인이다. 이국異國에서의 오랜 시간을 바쳐 자신만의 언어를 가꾸어 온 시인은 가파른 시간들을 회상하고 재현하면서 스스로의 삶은 물론 보편적인 인간 존재론을 적극 형상화해 간다. 절절하게 찾아오는 감동과 슬픔의 순간들을 충실하게 환기하면서도 삶의 오롯한 중심을 견

고하게 지켜 가는 그만의 사유를 보여 주는 것이다. 그리고 그 세계는 오랜 시간 속에서 솟아오르는 열정을 남김없이 비춰 줌으로써, 일차적으로는 지난날을 선명하게 소환하는 과정을 보여 주고 있고, 궁극적으로는 다양한 삶의 진정성을 만들어 가고 있다. 이때 그의 목소리는 절실한 자기 확인을 넘어 자기를 갱신해 가려는 마음까지 담아내게 된다. 그리고 그의 시는 이러한 회귀적 속성을 통해 시인 자신의 시선으로 시간과 공간과 사물의 고유성을 발견하고 그 힘으로 다시 스스로의 삶을 되돌아보는 과정을 들려주는 것이다. 결국 고광이의 시는 기억의 섬세한 결을 통해 스스로에게는 성찰과 갱신의 힘을 부여하고 있고, 세상을 향해서는 보편적 삶의 원리를 선사하는 상상력을 보여 주고 있는 셈이다. 일견 투명하고 일견 격렬한 그 물결의 저류底流에는 사랑의 에너지를 통해 스스로의 삶을 증언하려는 시인의 열망이 깊이 숨겨져 있다 할 것이다. 이제 그 사랑의 세계 안으로 한 걸음씩 들어가 보도록 하자.

2. 사물에 대한 매혹을 함축의 언어로 담아 낸 언어예술

고광이의 시에서 가장 먼저 발견되는 것은 자연 형상의 다양성과 신성성이다. 살아 있는 모든 자연 사물은 한결같이 사유의 화첩畵帖을 펼쳐 가는 시인의 중요한 현장으로 거듭난다. 물론 그가 노래하는 자연 형상이 단순한 동식물의 평면적 나열에 그치는 것은 아니다. 그에게 자연 형상을 물리적 기반으로 하는 사유란, 넓게는 우주의 원리나 본성을 함축하기도 하고, 좁게는 인공적인 것과 격리된 상황을 암시하기도 한다. 그 안에는 자연 사물의 생성과 변화와 소멸을 운행하는 모든 근원적 힘이 폭넓게 포괄되어 있다. 따라서 고광이 시인은 인간이야말로 자연의 일부이며 자연은 철학이나 예술에서 가장 중요하고도 근본적인 대상임을 우리에게 들려준다. 따라서 우리는 이번 시집의 중요한 주제가 이러한 자연 사물의 존재론적 근원에 대한 탐색에 있다고 말할 수 있다. 그 과정에서 그의 시는 개별적 체험에 제한되지 않고 존재 일반의 탐색이라는 보편적 성격으로 나아가고 있는데, 가령 다음 작품은 그의 이러한 균형 감각이 뜻 깊게 실현된 실례일 것이다. 시인이 탐색하고 꿈꾸는 존재자들의 근원이 어떠한지가 그 안에 잘 나타나 있다.

새들은 솔잎 사이
오솔길에 떨어진 햇살들을
콕콕
여린 스타카토로 가볍게 찍어 나른다

숲은 새들이 만들어 낸 모자이크다

피콜로 같은 새들의 노래는

숲의 모자이크에 붙인 색상표,

높은음자리에 걸려 있어 가격이 높다

거기 초로의

만보객 하나 그려 넣는다고

새들이 들고 일어나지는 않으리

—「아름다운 노래」 전문

시인이 부르는 "아름다운 노래"는 오솔길 솔잎 사이로 떨어진 햇살을 쪼는 새들의 움직임에서 발원한다. "여린 스타카토로 가볍게" 햇살을 찍어 나르는 새들로 인해 숲은 모자이크가 되어 성스러움을 자아낸다. 이때 피콜로 연주를 방불케 하는 새들의 노랫소리는 높은음자리에 걸려 있는 "숲의 모자이크" 색상표를 환기해 준다. 시인은 거기에 우연히 길 지나가는 "초로의/ 만보객 하나"를 그려 넣고자 하는데, 아마 새들도 못 본 척하고 그 과객을 받아 줄 것이라고 생각해 본다. 이처럼 고광이 시인은 숲에서 새들이 "침묵을 끌어모아/ 한번 몸을 흔들어 보는"(「뭉게구름 사설」) 순간을 채집하여 가장 성스러운 존재자들의 모습을 그리고 있다. 그 안에 자연 사물이 가지는 가장 본원적인 모습이 농울치고 있는 것이다. 다음은 어떠한가.

별빛인 줄 알았습니다

칠흑 어둠을 뚫고 내려
정수리에 박히는 밝음
잎에서 떨어지는
이슬방울 소리인 줄 알았습니다
드나들던 파도 소리는
이미 멀리 떠나고 없는
갸우뚱 주위를 살폈습니다
별들은 그대로 하늘에서 반짝이고
이슬은 풀잎에서 잠든 사위
숨 고르는 고요뿐인
잠 못 이루는 외로움에 파고드는
귀에 익은 오래된 종소리
지친 다리 꿇리시고
어둠에 빛 밝히시는 소리 듣습니다

—「종소리」 전문

어디선가 들려오는 성스러운 소리에 시인은 그것이 어둠을 뚫고 내려 정수리를 밝히는 '별빛'이거나 잎새에서 떨어지는 "이슬방울 소리"인 줄 짐작한다. 귓가를 둘러싸던 파도 소리는 이미 사라졌고 주위를 살피던 시인은 별들은 그대로 하늘에 있고 이슬도 풀잎에서 잠들어 있음을 알게 된다. 그렇게 온통 고요뿐인 사방을 둘러보니 "귀에 익은 오래된 종소리"는 어느새 "어둠에 빛 밝히시는 소리"로 다가

오는 것이 아닌가. 지친 다리를 꿇리시기까지 은은하게 파문을 그리면서 다가온 '종소리'야말로 때로는 "부드럽기도 하고/ 때로는 날카로운 칼날이 되어"(「시인의 노래」) 시인의 생을 인도하였을 것이다. 앞으로도 모든 사물의 모양이나 소리는 그렇게 "제 몫만큼 더 붉어지고/ 제 몫만큼 더 태워지면"(「더 붉어지기 위하여」)서 시인의 행로를 밝혀 줄 것이 아니겠는가.

고광이의 시 한 편 한 편에는 시인 스스로의 고유하고도 각별한 경험적 구체성이 담겨 있다. 시의 대상이 되는 자연 사물을 향한 끝없는 호감의 순간들이 그 안에 다채롭게 들어앉아 있다. 이를 두고 주체와 대상, 인간과 자연의 동일성 원리라고 부를 수 있을 것이다. 그만큼 그의 시는 사물에 대한 시인 스스로의 매혹을 함축의 언어로 담아낸 언어예술이다. 이때 그는 스스로의 경험과 기억과 깨달음을 통해 사물의 표면과 심층을 두루 발견하면서, 삶의 근원적이고 보편적인 의미와 가치를 찾아 가게 된다. 이처럼 시인은 우리가 무심하게 지나칠 법한 사물의 표면을 뚫고 들어가서 거기 깃들어 있는 삶의 보편적 이치들을 찾아내고 유추함으로써 자신의 삶을 이끌어 가는 근원적 힘에 주목하고 있다. 바로 이 점이 고광이의 시를, 사물에 대한 매혹을 함축의 언어로 담아낸 언어예술로 만들어 준 제일 원리라 할 것이다.

3. 추억과 그리움 속에 인화된 존재론적 원적原籍

그런가 하면 고광이 시인은 시간의 흐름에 대한 남다른 경험과 기억을 통해 물리적 현상은 물론 상징적 잔상殘像까지 담아내는 공력을 다한다. 그래서 그의 시에서 '시간'은 기억 속에서 재구성되며 우리는 그러한 경험을 따라 시인의 고유한 마음자리를 새삼 알아 가게 된다. 아닌 게 아니라 그는 지난날에 관한 기억을 바탕으로 자신이 겪어 온 상처와 그리움을 불러옴으로써 이러한 자기 회귀성을 펼쳐 내고 있다. 스스로의 존재 확인을 가능케 하는 근원적 형상을 발견하고 표현하면서 회귀 지향의 미학을 그 안에 숨 쉬게 하고 있는 것이다. 삶에 대한 궁극적 긍정의 마음에서 생겨난 이러한 정성은 풍부한 그의 경험이 밑바탕을 이루고 있지만, 한편으로 그것은 폐허가 되어 버린 세계에 대한 상징적 역상逆像으로 마련된 것이기도 하다. 시인은 가장 절실한 원초적 기억을 내면화하면서 삶의 상처를 넘어서려는 의지를 표현한 것이다. 우리가 이러한 의지를 고광이 특유의 긍정의 마음이라 명명할 수 있다면, 그의 시가 가진 장점 가운데 하나가 바로 이러한 마음이라 해도 틀리지 않을 것이다. 이제 우리는 그가 써 가는 서정시를 통해 가장 선명한 기억과 긍정의 마음을 경험하면서, 가장 깊은 기억 속에 숨 쉬고 있는 우리의 원형을 자유롭게 만나게 된다.

추억한다는 건

심장에 블랙박스를 단다는 것
217분 걸려 도달한 그 사람의 집까지
217분 걸려 찾아간다는 것

그 장소
그 순간
그 사람
모두 순서대로 재연한다는 것

내가 지키지 않은 신호
지키려 했으나 너무 빨리 바뀐 신호
때로
나를 무단횡단해 간 그 사람까지

소실점 너머에서
뭉개지던 초점이 순간 또렷해진다

어디선가
사이렌 소리가 들려온다
오는 것 같다

—「추억 다시 잡다」 전문

'추억'이란 지금도 꿈을 꾸고 있는 기억을 말하는 것일 터이다. 시인은 "추억한다는 건/ 심장에 블랙박스를 단다는 것"이라고 일갈한다. 심장에 달린 블랙박스야말로 선명하게 한 순간 한 순간을 기록하면서도 생생하게 현재형으로 재현할 수 있는 장치가 아니겠는가. "그 사람의 집"까지 오랜 시간을 찾아 가는 것이나 "그 장소/ 그 순간/ 그 사람/ 모두 순서대로 재연"하는 것 모두가 그 기억의 장치 때문에 가능했을 것이기 때문이다. 어쩌면 시인의 심장을 지금도 뛰게 하는 그 기억들은 "내가 지키지 않은 신호"나 "나를 무단횡단해 간 그 사람"까지 소환하여 "소실점 너머에서/ 뭉개지던 초점"까지 또렷하게 전해 준다. 그렇게 추억을 다시 잡아 내는 시인의 마음속에 어디선가 사이렌 소리가 들려오는 듯한 느낌이 오는 것은, 추억이 현실의 행간으로 잠입하는 순간을 표상한 것일 터이다. 그래서 시인은 다시 잡은 추억을 통해 지금도 "그대 사라진 흔적이/ 나의 길이"(「에덴의 동쪽에서 저무는 서쪽까지」) 되고 "속절없이/ 나만 야위어 가고"(「만삭滿朔」) 있는 현재형을 비추어 보고 있는 것이다.

열차가 역에 멈출 때마다 어머니는 물었다
—야야, 다 왔디야?
—아니요. 아직이에요.
시장하다는 보챔이었겠지만
나는 귀찮다는 듯 응답했다
이제야 노모의 질문이

당신 생애에 대한 것이었음을 안다
—야야, 이렇게 다 온 거다.
아니라고, 아직이라고 말하고 싶지만
어머니는 끝내 열차에서 내리셨다

시를 쓸 때마다 행行이 선로만 같다
나는 어디까지 온 것일까
아직인가, 아니면 이렇게 다 온 것인가
내 시는 어느 줄에서 끝나게 될 것인가

—「완행열차가 그립다」 전문

이제 추억의 대상은 '완행열차'다. 아니 완행열차를 함께 탔던 오랜 옛날의 '어머니'다. 완행열차가 역에 설 때마다 어머니와 아들은 "—야야, 다 왔디야?/ —아니요. 아직이에요"라는 말을 주고받았다. 그때로는 "시장하다는 보챔"일 수도 있었지만 지금은 그 물음이 어머니의 생애를 비유하는 것임을 아들은 알아 간다. "노모의 질문이/ 당신 생애에 대한 것이었음을" 안 것이다. "—야야, 이렇게 다 온 거다" 하시면서 어머니는 끝내 열차에서 내리셨다. 이제 시인은 시를 쓸 때마다 자신이 써 가는 행行이 꼭 그때의 선로와 같다고 느낀다. "나는 어디까지 온 것일까/ 아직인가, 아니면 이렇게 다 온 것인가" 하는 질문의 연쇄는 그날 완행열차에서 어머니가 하시던 말씀을 그대로 닮지 않았는가. "내 시는 어느 줄에서 끝나게 될 것인가" 하는 궁극적 질문 역시 시인으로서의 자의식을 통해 한없이 멀어져 간 그날의 완행열차에 대한 그리움 아니 '어머니'와 그 시절에 대한 그리움을 노래한 것이다. 그렇게 시인이 어머니와 탔던 완행열차의 "철로는 끝내 만나지 못한"(「평행선」) 시간을 펼치고 있고, "그리움이 길을 낸다고 적으면/ 이미 글자들 사이로 소로小路가"(「너는 알고 있었어」) 생겨나던 시간은 '시인 고광이'의 원초적 존재론을 산뜻하게 증언하고 있다 할 것이다.

이처럼 시인은 추억과 그리움 속에 인화된 존재론적 원적原籍에 대해 섬세하게 반응하고 그것을 기록해 간다. 자신의 심장에 쓰고 시행詩行에 새긴다. 이러한 원리는 시인의 원적 자체가 때로는 스스로를 드러내는 방식으로 나타나기도 하고 때로는 어떤 순간이 아스라한 그리움의 힘으로 나타나는 형식을 취하기도 한다. 이처럼 그의 시는 우리로 하여금 모든 사물들이 "더욱 그리워질 수 있게"(「스노클링」) 해주면서 "지극정성 다독이던 기억"(「꿈길」)을 우리 안에 심어놓는다. 절실한 기억 속에서 사물과 정서가 잘 어울리는 순간을 끌어들임으로써 삶에 필연적으로 따라오는 그리움의 순간을 응시하게 하는 것이다. 그 점에서 그는 완연한 추억과 그리움의 시학을 기저基底에 깔면서 자신만의 서정시를 써 간다고 할 수 있다.

4. 부재한 채로 현존하는, 사랑하는 대상들

다음으로 우리는 고광이 시인이 삶의 매 순간마다 어떤 대상에 대한 한없는 애착을 토로하는 장면을 만나게 된다. 물론 우리는 그가 자신의 고통을 특화하여 그것에 자신을 이입하고 있다고 단정할 수는 없다. 오히려 그는 예술적으로 승화된 기억을 가지고 자신이 사랑했던 대상들을 호명하는 모습을 보여 준다. 이때 시인은 주체와 대상 사이의 거리를 현저하게 좁히면서 자신만의 그리움을 그 안으로 접속해 간다. 현재의 지층 속에 존재하는 과거 경험을 낱낱이 살려 내면서도 어떤 빛나는 순간을 충만한 자의식으로 생생하게 구성해 가는 것이다. 이는 현재의 지층을 뚫고 들어가 시간의 이면에 숨 쉬고 있는 지나간 흔적들을 찾아내는 그의 시선과 필치가 역동적으로 다가오는 순간이 아닐 수 없다. 이처럼 고광이 시인은 자신이 겪어 온 감동과 슬픔의 시간을 재현하면서 그 안에 부재한 채로 현존하는, 사랑하는 대상들을 노래한다. 이러한 과정을 통해 인간의 보편적 존재 형식을 재차 질문하면서 궁극적으로는 자신의 시를 인생론적 사색에 대한 절절한 감동과 슬픔의 노래로 만들어 간다. 그리고 우리는 이러한 그의 마음을 통해 지난날의 사랑이 지금도 여전히 움트고 있음을 경험하게 된다.

햇살 시들어
과일 껍질 같은 저물녘

그대 사랑하는 마음
노을처럼 식어 가면
바다에 내리는 구름은 의상을 바꾸고
햇살을 거두어 간 수평선도 홀로 아득해진다

나는 무엇으로 채워졌나
그대 떠난 자리 바람만 와 앉고
사랑한다는 말,
보고 싶다는 말,
파도가 실어 간다

파도는 파와 도 사이의 음악,
마지막 반음은 그대의 빈자리를 위한 것이다

나는 솔에 이르지 못하고
그예 어두워진다
붉게 타오르던 마음
석양에 내어 주고 만다

—「파도는 파와 도 사이의 음악이다」 전문

이번 시집의 표제 시편이다. 석양이 기울어 가는 바닷가에서, 지금은 부재하는 사랑의 대상을 불러 보는 작품이다. 햇살 시든 저물녘에 시인은 여전히 불변하는 "그대 사랑하는 마음"을 생각한다. 비록 햇살을 거두어 간 수평선이 홀로 아득해진다 해도 "사랑한다는 말,/ 보고 싶다는 말"이 파도에 실려 가는 순간을 지속적으로 기록한다. 그때 파도는 "파와 도 사이의 음악"이 되어 마지막 반음을 "그대의 빈자리"를 위한 것으로 남겨 놓는다. '파도'를 파자破字하여 '파'와 '도'의 음계로 이어 놓은 상상력이 돋보인다. 결국 '솔'에는 이르지 못하고 붉게 타오르던 마음을 석양에 내어 주고 마는 시인 자신에 대한 쓸쓸한 관조의 시간에 그 "파와 도 사이의 음악"은 시인의 진면목을 환하게 보여 주고 있다. 그렇게 시인은 "쉬지 않고 일렁이는 바람으로/ 파고波高의 크기나 높고 낮음을 단속"(「바다」)하면서 그 사이로 "무수한 시어들이 불빛처럼 켜졌다"(「산타로사의 밤」) 꺼졌다 하는 시간을 각인해 간다. 그리고 온몸으로 "돌아올 수 없는 길을 떠난/ 아이가 있는 곳"(「선인장 자서전」)을 쓸쓸하고 허허롭게 응시하고 있다. 애잔하고 아름다운 마음이 붉은 노을처럼 번져 가고 있다.

아름드리나무 아래
꽃잎 떨어져

저렇게 예쁜 미소가
그늘져 있네

나는 전속력으로 그대를 지나쳐왔다

나는 내가 너무도 많았다

그러나

가는 곳마다 나무들이 있네

도달한 곳마다

꽃그늘이 있네

—「꽃잎 꽃잎」 전문

바위틈에 앉아 있는 갈매기에게는

아직

비상할 수 있는 날개가 있다.

나의 영혼도 몸을 벗고

저 물에 뛰어들 때가 있을 것이다

수심水深에서 수심愁心으로

이 누추한 몸에서 가장 가벼운 영혼으로

나와 새는 어쩌면 그렇게 생을 맞바꿀 것이다

겨드랑이가 가렵다

날개가 돋았던 흔적이다

—「지난날」 전문

아름드리나무 아래 떨어진 꽃잎들이 그늘진 "예쁜 미소"를 만들어 놓았다. 전속력으로 '그대'를 지나쳐 오는 동안 시인은 "내가 너무도 많았다"고 회상한다. 가는 곳마다 나무들이 있었고 도달한 곳마다 꽃그늘이 있었다는 사실은, 지금은 부재하는 '그대'가 어디서든 "꽃잎 꽃잎"처럼 현존할 것이라는 역설적 사실을 넌지시 암시한다. 파와 도 사이의 음악처럼, 그것은 항구적으로 그리워질 부재하는 '그대'를 재확인해 가는 과정일 것이다. 그런가 하면 시인은 아직 비상할 수 있는 날개를 가진 갈매기에게서 "나의 영혼도 몸을 벗고/ 저 물에 뛰어들 때가 있을 것"임을 느낀다. 그리고 "수심水深에서 수심愁心으로" 몸을 바꾸며 "누추한 몸에서 가장 가벼운 영혼으로" 나아갈 것임을 다짐한다. 이상의 소설 「날개」의 주인공처럼, "날개가 돋았던 흔적"을 회복하여 "나와 새는 어쩌면 그렇게 생을 맞바꿀 것"이라고 예감하는 것이다. 그렇게 무력했던 '지난날'을 넘어 새로운 비상을 꾀하는 시인의 마음이 '시인 고광이'의 도약의 징후를 느끼게끔 해 주고 있다. 비록 "지나온 시간의 따스함과/ 공간의 깊이/ 그 뜻 아직 헤아릴 수"(「이순耳順」) 없다고 하더라도 말이다. 그러한 의지는 "빛도 시간도 빨려든다는 블랙홀"(「블랙홀」)을 넘어, "빛을 끊어 내는 시간의 칼날"(「필랜의 밤바다」)까지 던지고, "마침내 다가오는 저 따듯한 은총"(「새해」)을 예비하는 과정으로 이어져 갈 것이다.

원래 그리움이란 누군가를 향한 간절한 마음이 시간의 풍화에 따라 천천히 지워져 가다가 문득 순간적 충일함으로 다시 솟구쳐 오르는 어떤 정서적 지향을 말한다. 그것은 부재하는 이인칭을 단숨에 회복하려는 것이 아니라 그러한 상황을 실존적으로 승인하고 거기서 발생하는 깨끗한 슬픔을 수용해 가는 마음을 함의한다. 고광이 시인은 이러한 그리움을 바탕에 두면서 오랜 시간 함께 흘러온 이인칭에 대한 애틋한 기억의 현상학을 남김없이 보여 준다. 아니 지난날에 대한 그리움의 차원을 넘어 사랑의 시학으로 자신의 무게중심을 옮겨 가고 있다. 깊고 눈부신 기억의 한 순간이 그렇게 현상하고 있는 것이다. 이렇게 누군가를 향한 집중된 마음을 표현한 그는 서서히 자신의 시간으로 회귀하는 성찰적 자의식으로 첨예하게 움직여 간다. 이때 그의 자의식을 구성하는 질료는 누군가를 향한 기억이고 그 기억을 통한 자기 회귀의 의지일 것이다.

5. 첨예한 자기 치유의 양식으로서의 서정시

두루 알다시피, 서정시는 궁극적인 자기 치유 과정을 지향하는 언어예술이다. 그것은 서정시가 시인 스스로의 삶을 탐색하고 성찰해 가는 이른바 자기 확인의 속성을 강하게 띠고 있기 때문일 것이다. 산문 양식이 상대적으로 세계 인식의 성격을 견지하고 있는 데 비해 서정시는 자기 인식의 성격을 각별하게 지니고 있는 것이다. 고광이 시의 창작 동기 역시 일종의 자기 치유 욕망에 있다. 그만큼 시인은 서정시를 통해 자신의 삶을 탐색하고 성찰하는 일련의 지적, 정서적 과정을 스스로 겪어 가고 있다. 이때 시인이 견지하는 회귀와 성찰의 에너지는 자기 치유의 과제를 충실하게 수행하면서 새롭고 아름다운 존재론적 거처를 다시 지향하게 된다.

> 비 그치고
> 똑, 똑
> 명치끝에 와 박히는 낙숫물 소리
> 귀에 익은 소리다
>
> 당신인가
>
> 젖은 것들은 모두 흘러가고
> 우리의 세월은 아직 그 자리를 맴돌지만
>
> 한마디면 그만 터질 것 같아 나는
> 펜촉을 세워 더 깊이 가슴을 긁을 거다
>
> 비 갠 후 나가 보니
> 처마 아래가
> 나란히, 고르게 패어 있다

간밤에 누군가 여러 번

발을 굴렀구나

—「심장의 작전 수행」 전문

비가 그치자 귀에 익은 낙숫물 소리가 들린다. 명치끝에 와 닿는 그 소리에 시인은 "당신인가" 하고 심장에게 묻는다. 이미 젖은 것들은 모두 흘러가 버리고 우리의 세월은 아직도 제자리를 맴돌 뿐이지만, '당신'을 향한 한마디로 금세 터질 것만 같아, 시인은 펜촉을 세워 깊이 가슴을 긁을 것이라고 말한다. 이때 '펜'을 움직여 가는 '심장'은 누군가를 향한 작전 수행의 주인공이 된다. 비가 개고 나서 처마 아래가 나란히 고르게 패어 있는 것을 보고 시인은 간밤에 누군가도 자신처럼 여러 번 발을 굴러 이렇게 고른 흔적을 남겼다고 생각한다. 비록 오랜 시간 동안 "마음이 깎여 나가는 소리"(「빗금」)가 들려오고 멀리서 "형제를 찾아 울부짖는 하울링 소리"(「우크라이나」)가 들려올지라도, 시인의 심장은 여전히 "그곳에 네가 있어/ 내가 온통 그리로 쏠려 있기 때문"(「산행」)이라면서 누군가를 향한 애착을 놓지 않고 있는 것이다. 그 마음이 바로 그의 삶과 시를 동시에 가능하게 해 주었던 '중심'이었을 것이다. 다음 시편을 한번 읽어 보자.

자전거 페달을 밟는다

녹이 슬어 군소리를 내지만 어쨌든 돌아간다

나는 두 개의 바퀴 사이에
몸의 중심을 얹는다

흘러가는 중심이여
삐거덕거리는 기어는
나의 중심을 투덜대며 옮겨 준다

앞도 뒤도 아닌 가운데에
왼쪽도 오른쪽도 아닌 중간에
지면도 하늘도 아닌 허공에

넘어지고 부서져 본 사람은 알지,
중심이 얼마나 위태로운 것인지
다시 추스르며 일어선 사람은 알지,
눈앞만 보다 보면
먼 곳이 문득 다가와 있다는 것을

투덜대는 페달을 동행 삼아서
언덕을 오르내리면
문득 태양이 뜨고 태양이 진다
태양이여, 그대도 지면에서 지면으로
두 개의 중심을 옮겨 가고 있구나

그렇게 나도 내 중심을

그대 쪽으로 옮겨 가고 싶다

—「중심의 시간」 전문

시인은 '중심의 시간'을 사유한다. 비록 "중심이 얼마나 위태로운 것인지" 잘 알고 있지만 시인으로서는 새로운 '중심'을 끊임없이 찾아 감으로써 자신을 다시 세우고자 한다. 시인은 녹이 슨 자전거 페달을 밟으면서 두 바퀴 사이에 "몸의 중심"을 얹어 본다. 바퀴를 따라 "흘러가는 중심"은 "나의 중심"을 옮겨 준다. 이제 "나의 중심"은 '가운데' 혹은 '중간'에 놓이고 '허공'에 걸쳐진다. 비록 중심이 위태롭다 하더라도 넘어지고 다시 추스르며 일어서면 "먼 곳이 문득 다가와 있다는 것"을 우리는 알게 된다. 지면에서 지면으로 두 중심을 옮겨가는 태양처럼 시인은 "나도 내 중심을/ 그대 쪽으로 옮겨 가고 싶다"고 말한다. 이인칭을 향한 끝없는 탐색과 갈망이 마지막 중심을 맞추는 한 조각이 된 것이다. 마치 "퍼즐의 진수는 마지막 한 조각"(「퍼즐을 맞추다」)인 것처럼 "네가 영원히 없으니 그곳은 끝끝내 사라질 것"(「너의 이름을 적은 종이를 네 자리에 놓아 두었다」)이니까 말이다.

이처럼 고광이의 시는 누군가를 향한 애타는 갈망과 보편적 사랑의 이치에 대한 복원과 함께, 오랜 풍경과 장면에 대한 정밀한 묘사를 통해 존재의 근원적 차원에 관하여 질문을 수행해 간다. 더불어 한편으로는 언어를 다스리고 한편으로는 언어를 초월하려는 욕망을 보여 주기도 한다. 그렇게 그의 시는 삶의 무수한 상처에 대한 기억을 순간적 잔상으로 점화함으로써, 그 안에 실존적 고통과 언어예술이 맺는 연관성을 보여 주는 첨예한 자기 치유의 양식이다. 이때 시인은 현재에 이르기까지 겪어 온 상처를 심미적으로 재구축함으로써 그것을 치유해 가는 실존적 제의祭儀를 치러 가게 된다. 그 치유의 과정을 아름답게 보여 준 시집에 우리도 자연스럽게 동참하게 되는 것이다.

6. 사랑의 시학을 항구적으로 탐구해 가는 서정시의 존재론

지금까지 읽어 온 것처럼, 고광이의 시 한 편 한 편에 서려 있는 경험적 실감의 무게는 시인 특유의 개성과 인간 보편의 진정성을 동시에 담아내고 있다. 시인이 삶의 활력을 노래할 때에도 그 안에는 매우 미세한 정서나 경험이 숨 쉬고 있고, 가없는 통증이나 슬픔을 담아낼 때에도 그 안에는 구체적인 삶의 상처나 고통을 넘어서는 넉넉한 사랑의 마음이 응축되어 있기 때문이다. 그 점에서 그의 시는 개별성과 보편성을 통합한 사례로 다가오면서, 보편적 사랑의 시학을 향한 잔잔한 성찰의 음역音域을 보여 준 것이다.

나아가 그의 시는 시간의 흐름을 풍부하게 읽어 내고 생명의 질서를 은유해 간다. 우리의 감각과 인식을 새롭게 쇄신하면서 뭇 생명에 대한 신비로움과 경이로움을 폭넓게 경험하게 해 준 것이다. 이때 그의 목소리는 사랑의 시학을 항구적으로 탐구해 가는 서정시의 존재론으로 현저하게 모아지면서, 서정시가 구현하는 치유의 순간을 미학적으로 조형해 주게 된다. 그 빛나는 결과가 이번 시집인 셈이다.

실로 오랜만에 출간되는 고광이 시인의 세 번째 시집 『파도는 파와 도 사이의 음악이다』에 축하의 마음을 전하면서, 우리는 앞으로도 그가 빼어난 서정시인으로서, "마지막 반음은 그대의 빈자리를 위한 것"이라고 노래하는 따뜻한 가장이자 남편이자 아버지로서, 미주 문단 최대 시인 단체인 재미시인협회 회장으로서, 더욱 아름다운 언어와 실천의 세계를 아름답게 펼쳐 가기를, 마음 깊이, 희원해 보는 것이다.